ALFAGUARA

ALFAGUARA

Título original: *DER LINDWURM UND DER SCHMETTERLING*
© Del texto: 1982, K. Thienemanns Verlag, Stuttgart
© De las ilustraciones: Luis de Horna
© De la traducción: María Teresa López
© 1985, Ediciones Alfaguara, S. A.
© De esta edición:
   2002, Santillana Ediciones Generales, S. L.
   1995, Grupo Santillana de Ediciones, S. A.
   Torrelaguna, 60 28043 Madrid
   Teléfono 91 744 90 60

•Aguilar, Altea, Taurus, Alfaguara, S. A. de Ediciones
Beazley, 3860. 1437 Buenos Aires
•Editorial Santillana, S. A. de C.V.
Avda. Universidad, 767. Col. Del Valle, México D.F. C.P. 03100
•Distribuidora y Editora Aguilar, Altea, Taurus, Alfaguara, S. A.
Calle 80, nº 10-23. Santafé de Bogotá-Colombia

ISBN: 84-204-3710-7
Depósito legal: M-39.976-2002
Printed in Spain - Impreso en España por
Unigraf, S. L., Móstoles (Madrid)

Primera edición: octubre 1983
Undécima edición: octubre 2002

Diseño de la colección:
José Crespo, Rosa Marín, Jesús Sanz

Editora:
Marta Higueras Díez

El dragón y la mariposa

Michael Ende

Ilustraciones de
Luis de Horna

INFANTIL

ALFAGUARA

PRIMER ACTO

LUIS DE HORNA

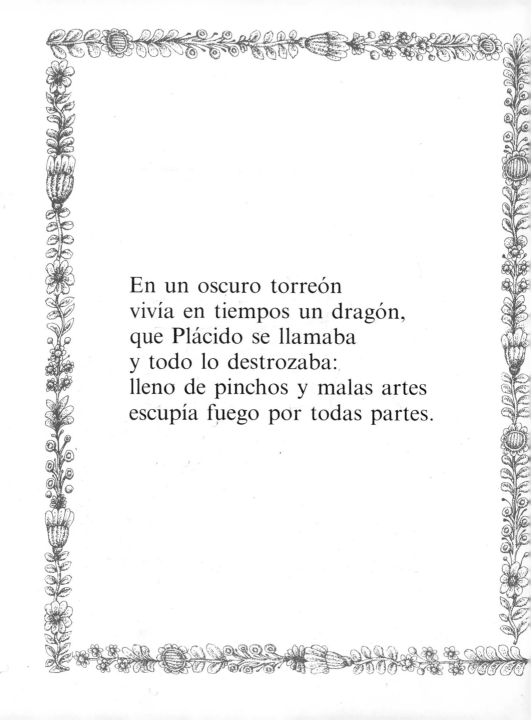

En un oscuro torreón
vivía en tiempos un dragón,
que Plácido se llamaba
y todo lo destrozaba:
lleno de pinchos y malas artes
escupía fuego por todas partes.

LUIS DE HORNA

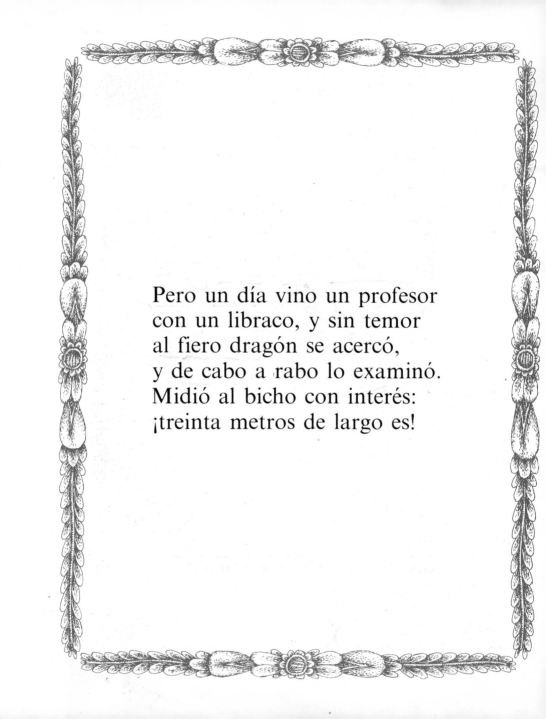

Pero un día vino un profesor
con un libraco, y sin temor
al fiero dragón se acercó,
y de cabo a rabo lo examinó.
Midió al bicho con interés:
¡treinta metros de largo es!

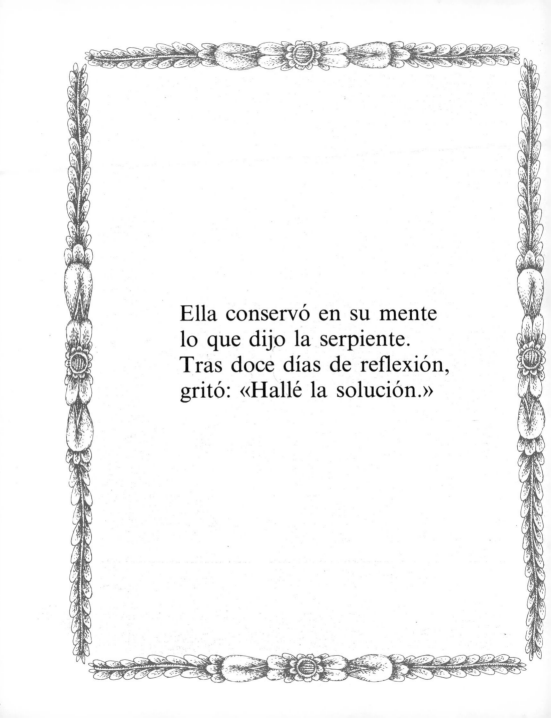

Ella conservó en su mente
lo que dijo la serpiente.
Tras doce días de reflexión,
gritó: «Hallé la solución.»

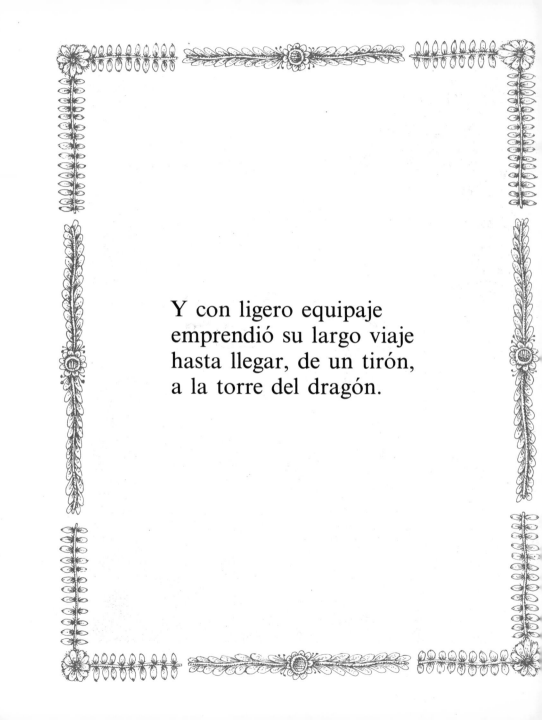

Y con ligero equipaje
emprendió su largo viaje
hasta llegar, de un tirón,
a la torre del dragón.

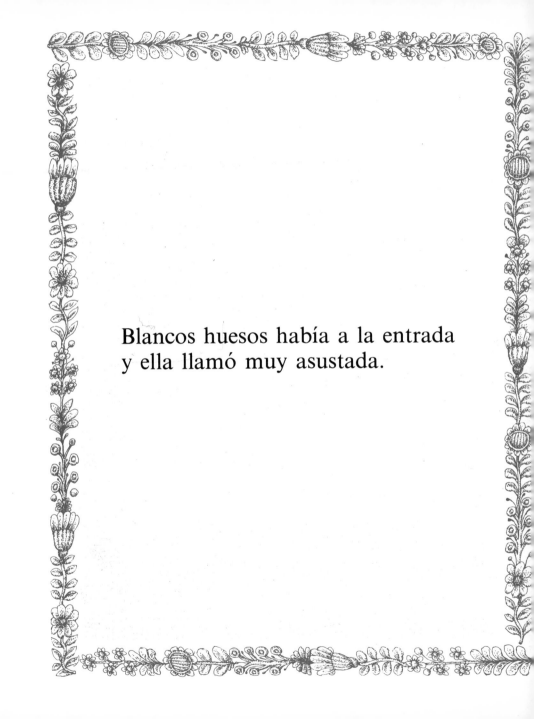

Blancos huesos había a la entrada
y ella llamó muy asustada.

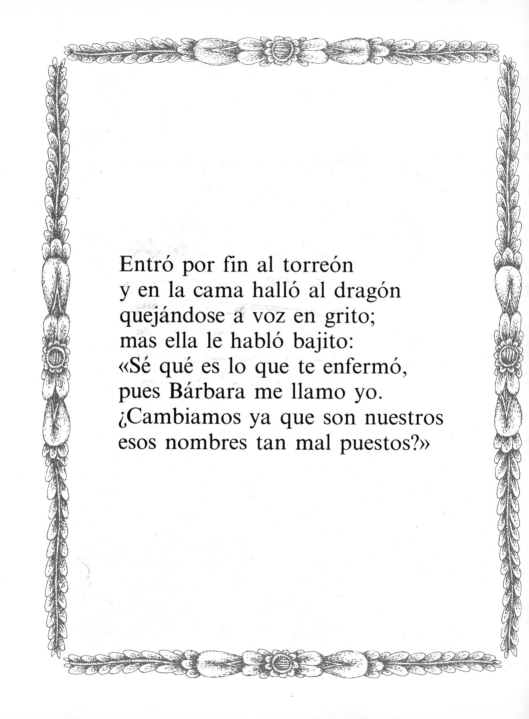

Entró por fin al torreón
y en la cama halló al dragón
quejándose a voz en grito;
mas ella le habló bajito:
«Sé qué es lo que te enfermó,
pues Bárbara me llamo yo.
¿Cambiamos ya que son nuestros
esos nombres tan mal puestos?»

Al pronto, él no la entendió,
pero al rato se aclaró,
y le estrechó, entusiasmado,
la mano (¡con gran cuidado!).
Y muy contentos, en suma,
cogieron papel y pluma,
y por escrito dejaron
el acuerdo que tomaron.

Se fue contenta y gozosa
Plácida, la mariposa,
y Bárbaro, el fiero dragón,
la despidió con emoción.

ESTE LIBRO SE TERMINÓ DE IMPRIMIR
EN LOS TALLERES GRÁFICOS DE UNI-
GRAF, S. L. MÓSTOLES (MADRID), EN EL
MES DE OCTUBRE DE 2002.

LUIS DE HORNA

Ingrato, el monstruo se tragó
el metro, y al que lo midió.
No le dolió su mala acción,
pues bien le supo al muy glotón.

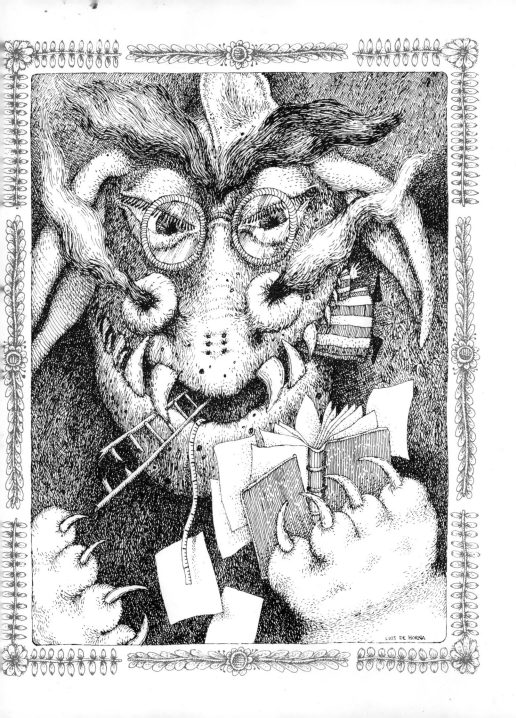

LUIS DE HORNA

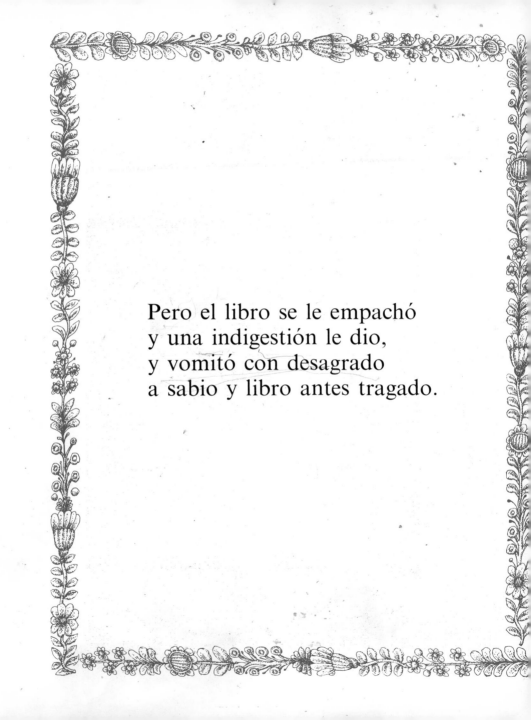

Pero el libro se le empachó
y una indigestión le dio,
y vomitó con desagrado
a sabio y libro antes tragado.

LUIS DE HORNA

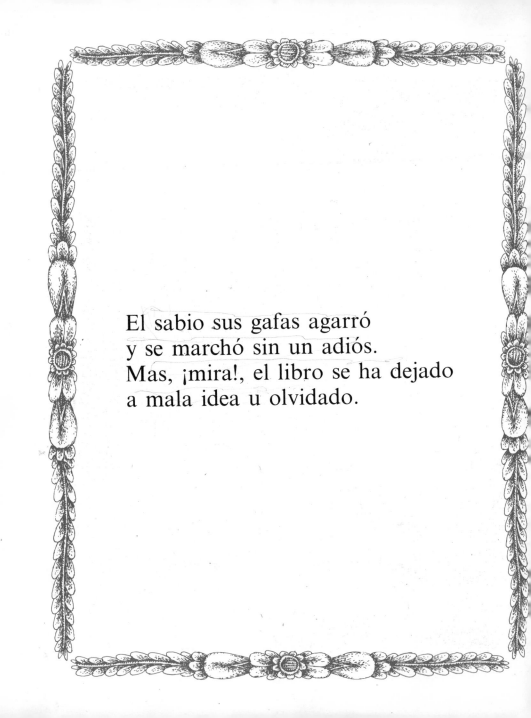

El sabio sus gafas agarró
y se marchó sin un adiós.
Mas, ¡mira!, el libro se ha dejado
a mala idea u olvidado.

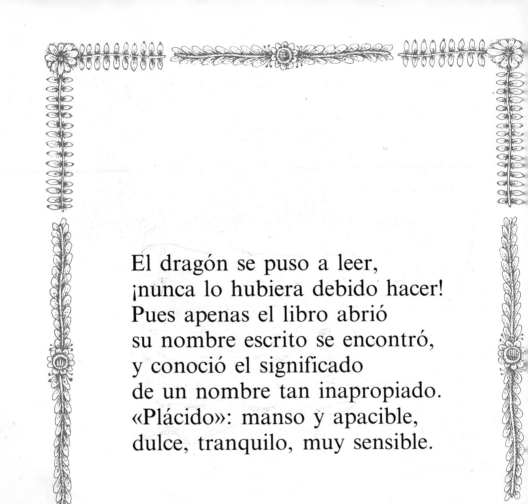

El dragón se puso a leer,
¡nunca lo hubiera debido hacer!
Pues apenas el libro abrió
su nombre escrito se encontró,
y conoció el significado
de un nombre tan inapropiado.
«Plácido»: manso y apacible,
dulce, tranquilo, muy sensible.

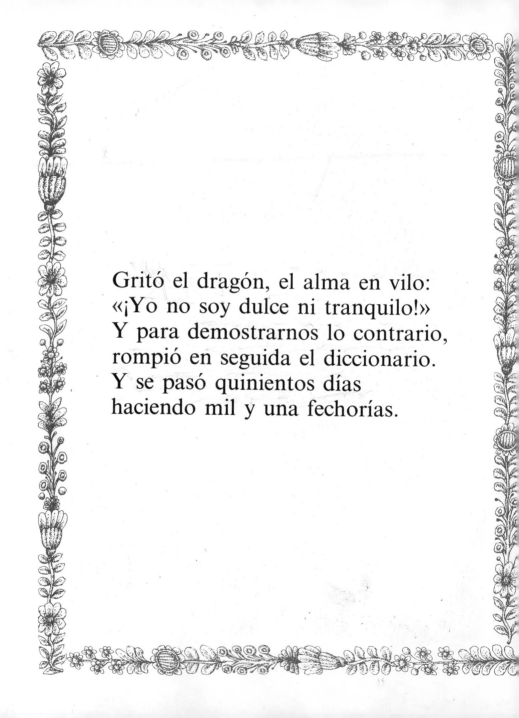

Gritó el dragón, el alma en vilo:
«¡Yo no soy dulce ni tranquilo!»
Y para demostrarnos lo contrario,
rompió en seguida el diccionario.
Y se pasó quinientos días
haciendo mil y una fechorías.

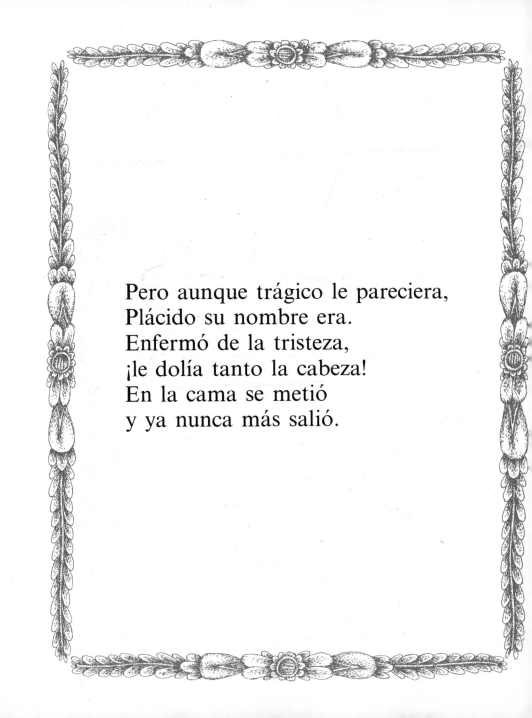

Pero aunque trágico le pareciera,
Plácido su nombre era.
Enfermó de la tristeza,
¡le dolía tanto la cabeza!
En la cama se metió
y ya nunca más salió.

SEGUNDO
ACTO

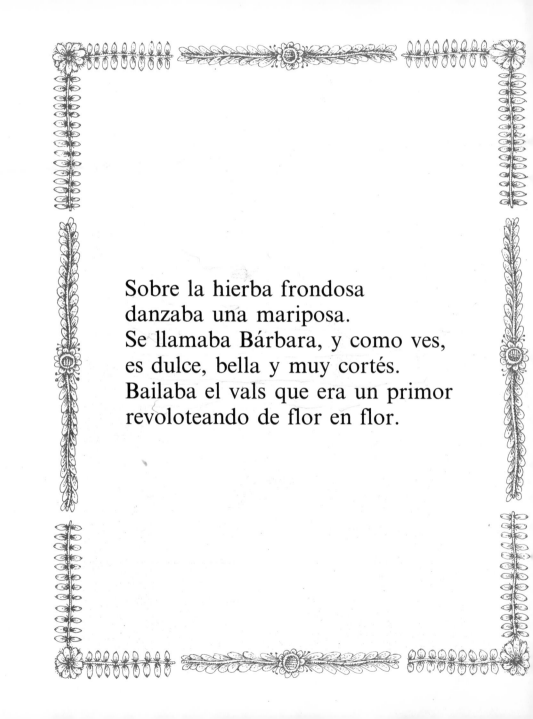

Sobre la hierba frondosa
danzaba una mariposa.
Se llamaba Bárbara, y como ves,
es dulce, bella y muy cortés.
Bailaba el vals que era un primor
revoloteando de flor en flor.

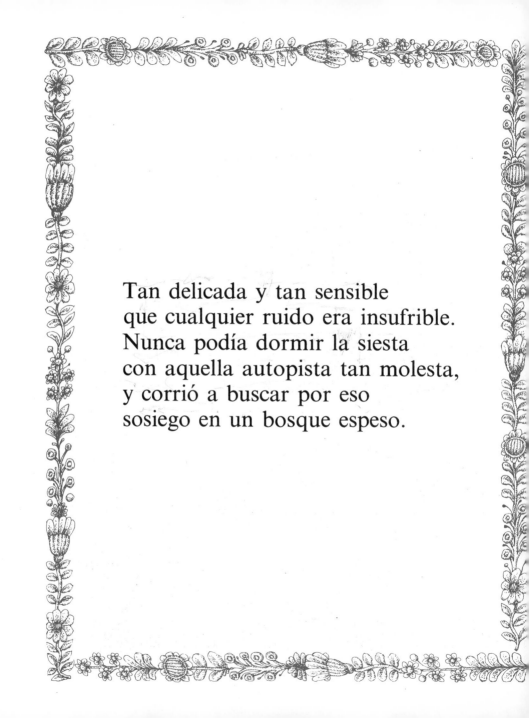

Tan delicada y tan sensible
que cualquier ruido era insufrible.
Nunca podía dormir la siesta
con aquella autopista tan molesta,
y corrió a buscar por eso
sosiego en un bosque espeso.

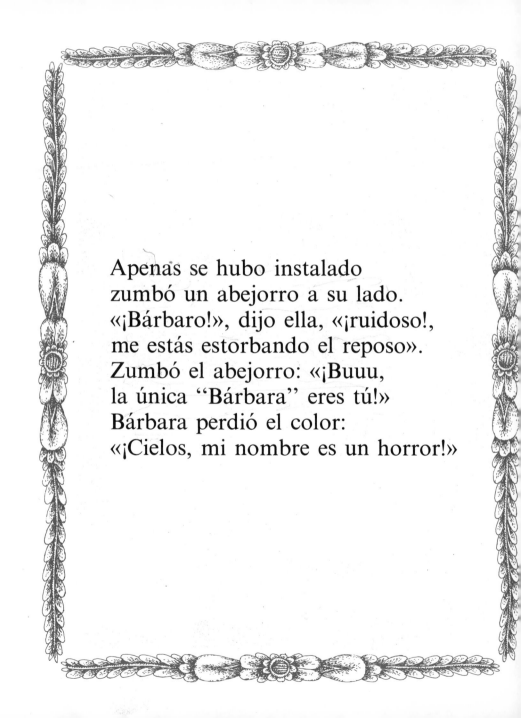

Apenas se hubo instalado
zumbó un abejorro a su lado.
«¡Bárbaro!», dijo ella, «¡ruidoso!,
me estás estorbando el reposo».
Zumbó el abejorro: «¡Buuu,
la única "Bárbara" eres tú!»
Bárbara perdió el color:
«¡Cielos, mi nombre es un horror!»

LUIS DE HORNA

Ya nunca más volvió a bailar,
y de puntillas se puso a andar;
pero con eso nada consiguió,
pues su nombre tampoco varió.
Decidió, desesperada,
vivir sola y retirada
y en el desierto y en soledad
expiar su «barbaridad».

Pero un día una serpiente
pasó en zig-zag por allí enfrente:
«Qué risa me da», le contó,
«a un dragón conozco yo
que se ha metido en la cama
porque Plácido se llama.
Y ahora te encuentro a ti.
Ja, ja, la vida es así.»
Guiñó un ojo insinuante
y de allí se fue reptante.